THE SIX PASSENGERS

THE INADEQUATE PROSE

LYNGAUR

Made with ♥ on the Notion Press Platform
www.notionpress.com

ЖИЗНЬ И УДИВИТЕЛЬНЫЕ СНОВИДЕНИЯ КИРА ЭККЛЕЗИАСТОВА

(Гротескное, психоделическое жизнеописаниесказка)

(2005 год)

Кир Экклезиастов был свободолюбивый поэт. Все поэты любят свободу... Но он любил её особенно! — Дерзко, по-юношески пылко, с отчаянным восторгом последнего вздоха глядя на её незрелые плоды. Одна его поэма состояла из повторённого десять раз слова: «свобода». «Свободный стиль» — сказали об этом произведении критики. И всё. Больше они не нашлись, что сказать. Зато поклонники изощрялись вовсю:

— Это так свежо! — Как глоток чистого воздуха, после его прохождения над альпийским курортом! Это не что иное, как прорыв в будущее, — взгляд независимого ума сквозь трясину ментального мусора! — говорили другие. Но, что бы там кто ни говорил, а Кир Экклезиастов продолжал творить. И творчество его становилось всё краше, а язык веселее, несмотря на то, что сквозь стихи его стали всё чаще проступать следы одному ему понятной меланхолии.

«Микеланджело в Трускавце (путевые записки одного известного человека, путешествующего автостопом)» — так называлась его эпохальная поэма, которую он успел закончить аккурат в свой 30-й день рожденья.

Заканчивается эта грандиозная вещь, полная бурных эмоциональных всплесков и недетской эротики, такими вот строчками: /Я тебя не любил, но просил я об этом/Ибо, кто б я ни был, знаю, был я поэтом/. Было у него также и несколько прозаических опусов. Один из них — «Приехав, они слезли с коней и полезли на кобылу» — даже получил почётную награду «За весомый вклад в мировую культуру».

Но говорить мы здесь будем не о заслуживающем пристального внимания и всяческих похвал творчестве Кира Экклезиастова, а о событийно насыщенной жизни его. О его, полных фантасмагорических приключений, сновидениях и о яви, так густо замешанной на чудно́й небывальщине, что её часто трудно отличить от сна. Короче, обо всём том, что является причиной и основой творчества этого выдающегося литератора современности.

Вот взять, допустим, всем (или почти всем) известную историю о контакте Экклезиастова с уфонавтами! Столько драматических моментов! Говорят, — он хотел совершить переворот в масштабах двора! Ну да что тогда было с него взять? Он ведь ещё был маленький! А потом к маленькому Киру приехали агенты... Агенты, — это такие дядьки, которые ездят в чёрных «вольво» и носят чёрные очки и галстуки-бабочки — тоже чёрные! А появляются они всегда — как грибы после дождя — после прилёта-улёта уфонавтов. И вот тогда агенты что-то такое сделали с Киром, после чего он стал писать стихи. Стихи про свободу. Кир Экклезиастов был свободолюбивый поэт! Взять хотя бы эти слова, сказанные им тогда уфонавтам и вырванные под страшной пыткой из старушки-соседки, которая принимала тогда все данные контакта в аудио формате, сидя в соседней комнате и прижавшись левым ухом к стене: «Я не хочу!» Но уфонавты, тоже ведь, ребята не лыком шиты! Говорят: «Не хочешь? Погоди, вот приедут агенты, живо захочешь!» Так оно и случилось. Когда приехали агенты, первое что сказал Кир, было:

«Хочу!»

— Хочу, — говорит, — адвоката»

— Да где ж мы тебе возьмём адвоката в три часа ночи? — возмущённо воскликнули агенты. И вот так первое Экклезиастово желание было круто обломлено! Так он и стал поэтом. Поэтому и жизнь у него была полна поэтики.

Как-то раз пошёл Кир Экклезиастов в Гастроном — захотелось ему кефира... Видит он: ряд холодильных прилавков со всякой снедью, в одном конце касса, и вдоль всего ряда прилавков стоит очередь, своим бестолковым стоянием, скрывающая от глаз наблюдателя (Экклезиастова Кира) содержимое оных прилавков. Попытался Кир и так и этак — и снизу и сверху и сбоку — посмотреть да увидеть, что там почём, но не вышло. Посмотреть-то он посмотрел, да только ничего не увидел. И тут Кир Экклезиастов пришёл в ярость.

— Вы полагаете, то непотребство, что у вас изображено на футболке, должно находить себе проявление в Гастрономе? — с жаром вскричал Кир, обращаясь к потному мужчине в красной футболке с надписью «Моя родина СССР» на животе и соответствующим гербом на всю грудь. Лицо потного мужчины моментально сделалось таким же по цвету, как и его футболка, вот только без надписи и без герба, так разозливших Экклезиастова. Он — потный мужчина — тут же сделал выпад правой, но ни разу не попал, а, вместо этого, Кир Экклезиастов уложил его одной левой.

Правой он, в тот момент, придерживал кепку. Чтоб не упала...

Вот такой был герой Кир Экклезиастов! Продавал персидские ковры Саше Мышьяковой... Та их, в свою очередь, меняла на нижнее бельё. А Экклезиастов со всего этого имел процент — абрикосовые косточки; у него был абрикосовый сад. В тени абрикосовых деревьев он любил сидеть и сочинять свои эпохальные поэмы. Про то, как Наполеон победил Гитлера в неравной битве на Сейшельских островах, про тысячу и одну ночь Брахмы и первые минуты жизни мира... Неистощим был талант Экклезиастова! Он мог взять абрикосовую косточку и, глядя на неё, рассказывать о далёких звёздах и параллельных мирах, о добре и зле, о женском и мужском... о собаках и кошках, о кошках и мышках, о королях и капусте, о презервативах и прокладках, о городах и сёлах, о грустных и весёлых...

Взял однажды Кир Экклезиастов перо с чернилами, пергамент и написал письмо Гарри Поттеру. Написал, а как отправить, не знает. Нет у него почтовой совы! Ну, он поймал воробья, заколдовал его, привязал письмо к ноге и отправил.... Но, то ли письмо было слишком большим, то ли воробей чахлый попался, а только ничего у Кира с этой затеей не вышло. Воробей упал, не успев взмахнуть крыльями и его тут же, вместе с письмом, замёл дворовый кот Вася. И пока Экклезиастов спускался на лифте с четырнадцатого этажа, и кот, и воробей, и письмо начисто пропали. И тогда он решил больше не писать писем Гарри Поттеру. Писал письма только СантаКлаусу. С ним было проще... У Кира был знакомый дворник Саблеухов, который лично передавал Санта-Клаусу письма...

Вообще у Кира Экклезиастова было много хороших знакомых. И, главное, полезных. Вот взять хотя бы уфонавтов.... Однажды, например, Кира Экклезиастова и Сашу Мышьякову, за неуплату взносов в «Международный Фонд Защиты Детей От Их Родителей» и в фонд «Матери Одиночки Против Детской Порнографии И Просмотра Эротики До Тридцати Лет Включительно», повязало ЦРУ. Но потом пришли уфонавты и спасли их. Незаменимые ребята эти уфонавты! Знают, когда и кому палку в колесо поставить. И это при том, что сами уже и забыли, как оно выглядит — колесо. Другие принципы передвижения, как никак! А ЦРУ, по известным причинам, решило умолчать об этом инциденте. Вот только агенты время от времени наведывались — проверяли абрикосовые косточки на радиоактивность. Но, не находя таковой, раздосадованные, уезжали восвояси.

Когда Кир Экклезиастов был маленьким, мир был большим. Когда Кир Экклезиастов вырос, мир стал маленьким. Что-то случилось с миром, что он стал сжиматься по мере роста Кира. Вот, как-то раз... маленький Кир Экклезиастов пошёл в Лес. А, надо сказать, Лес в те времена был тоже большим. Не в пример теперешнему. Пошёл он в Лес и заблудился.... С тех пор в Лес не ходил.

Будучи маленьким и ещё никому не известным, Кир Экклезиастов очень любил давать автографы. Однако, по причине его неизвестности, эти самые автографы у него никто не хотел брать. Из-за этого у маленького Кира часто случались стрессы и нервные срывы. Чтоб снимать стрессы и нервные срывы, он прибегал к различным средствам: делал утреннюю зарядку, вставал с правой ноги, занимался таэквон-до и джиу-джицу, смотрел на звёзды, играл на флейте, пёк картошку на углях, ходил в ночные клубы, писал маслом, курил траву, реставрировал храм Христа Спасителя, подкладывал кнопки на стулья, читал Гарри Поттера, рыл траншеи, ходил в... Гастроном!!! Хотел даже во второй раз в Лес пойти, но передумал. Потом пришла Саша Мышьякова, принесла водки; они посидели, и стрессы и нервные срывы у Кира прошли.

Был момент, когда Кир был маленький, он хотел поехать в Никарагуа. Но не поехал. — Мама не пустила... А, когда он вырос, ему перехотелось ехать в Никарагуа. Зато захотелось поехать в Гондурас. Но в Гондурасе он тоже не был. Как и во многих других хороших странах. А не поехал он в Гондурас теперь уже из-за Саши Мышьяковой.

— Зачем тебе ехать в Гондурас? Ты ж сам Гондурас! Хочешь посетить названную в свою честь страну? Езжай! Только я тебе не попутчица. Представляю, какие чудеса ты будешь там творить! И ведь не отпущу я тебя одного-то! Боязно мне! Так что, брат, оставайся лучше здесь — в Рассее! Тут и я под боком. Тут тебе, опять же, и Гастроном. И ларёк, если до края дошёл. А там тебе кто поможет?

Посидел Кир, помолчал и решил никуда не ехать.

Вообще, когда Экклезиастов был маленьким, всё у него было подругому. Не было докучливых репортёров, не было грязных сплетен в газетах. Он, к примеру, мог запросто, среди бела дня собрать друзей, баб, набрать пойла, взять Сашу Мышьякову и пойти на рыбалку. А что теперь? Сиди себе под деревом, пиши стихи, да косточки абрикосовые пересчитывай. Вот он и пускается в разные авантюры. То с уфонавтами контакты налаживает, то агентов в неприличное место посылает. Нервный стал Кир. Совсем сдают нервишки. Уже и водка ему не помогает, как в былые времена. И деревья абрикосовые тоску нагоняют. Потного мужчину-то он вон как отделал! До сих пор в коме лежит... Ну, так он сам, в общем, и виноват, потный мужчина. Нечего лезть в такой вызывающей футболке в Гастроном, куда Кир для снятия стрессов и нервных срывов приходит. Он, — потный мужчина — видать, напомнил Экклезиастову о старых временах, когда он был маленьким, а мир был большим. С одной стороны, то, что мир был большим, это хорошо. Но ведь, с другой стороны, Экклезиастов был маленький. — Это плохо. Вообще это очень сложный вопрос. У него была возможность ходить с Сашей Мышьяковой на рыбалку, и не нужно было писать стихи. Но, при этом, он боялся мира, который был большим, он боялся ходить в Гастроном. Но больше всего он боялся Леса. А теперь, когда мир стал маленьким, он ничего не боится. Даже Леса не боится! Но ходить туда отказывается.

А ещё был момент: когда Кир Экклезиастов был маленьким, он не умел пить кефир... И, когда попробовал, — захлебнулся и умер. Он очень любил кефир. Но больше всего он любил абрикосы с чаем, иногда — чай с абрикосами. И абрикосы у него, надо сказать, были все разные. Были абрикосы с косточками — были абрикосы без косточек (Это те, у которых косточки он предварительно вынул). Опускает он, скажем, абрикос в чай и начинает думать: «а есть ли там косточка или нет её вовсе?». И, пока он так думает, чай понемногу остывает и становится приемлемым для употребления. Потом он достаёт абрикос, кусает его и находит ответ на свою дилемму. А потом пьёт чай. Потом опять.... А потом приходит Саша Мышьякова с двумя вёдрами. Одно ведро пустое — для косточек, а другое — до краёв заполнено новой порцией абрикосов. Один раз ведро оказалось не полным...

Кир Экклезиастов разозлился и надел то ведро Саше на голову. А Саша отомстила ему — долго плевалась потом косточками. Потом обоим пришлось пластическую операцию делать, — им было стыдно смотреть на себя в зеркало.

Позже они с Сашей, — чтоб устранить возможность повторения таких инцидентов, — наладили эскалаторную доставку абрикосов из сада прямо к столу Кира Экклезиастова. Но потом абрикосы ему разонравились, и он сломал эскалатор.

— Не хочу больше абрикосов! — говорит он Саше. — Хочу персиков. — Голых... нектаринов! Сделай так, чтоб они мне сами в чай падали!

А Саша взяла швеллер, что остался от поломанного эскалатора, и перегнула его о макушку Экклезиастова.

Короче, не получилось ему голых персиков отведать. И он потом всю жизнь тосковал по ним. А абрикосы он с тех пор кушал только в саду. В дом его Саша с абрикосами не пускала. И чай он пил там же. — В саду... зато — с абрикосами.

Вообще неугомонный был человек, Кир Экклезиастов, когда был маленький; один раз залез на дерево и стал на звёзды смотреть. Саша внизу бегает, кричит: «Слезай! — дескать. — Я пирожков напекла. — С маком!». А он и ухом не ведёт. Саша побегала, побегала и решила пожарников вызвать. Пожарники его и сняли оттуда, с помощью приставной лестницы. Сняли его, посадили на скамейку, и он сидит, молчит. Только глаза широко открыты.

— Да ты чего там увидел такое, Кирюша? — спрашивает его дрожащая от волнения Саша.

— Завтра будет дождь! — обречённо-пророческим тоном произнёс Кир.

Кир Экклезиастов часто лазил на Диву*. А ещё Кир любил Монаха*, и много раз залезал на него. Но потом Монах развалился, и Кир долго плакал над обломками. Он тогда был маленький. Потом он стал лазить на Кошку*. Кошка ему понравилась больше всего. Там он познакомился со скалолазом Мишей. Скалолаз Миша научил Кира Экклезиастова всем премудростям скалолазания. Научил его, как правильно нужно лазить на Кошку на Медведя*. И совершенно особый подход у скалолаза Миши был к Диве. В общем, многому научил маленького Кира скалолаз Миша. Потом они очень долго вели переписку. Вот, к примеру, идёт Кир в садик, а не знает, какие носки ему надеть. Жёлтые, с зелёными кружочками, или синие в оранжевую полоску. И шлёт скалолазу Мише sms. Тот ему и отвечает: «Бери, мол, красные! В лиловых босоножках лучше смотрятся...»

* Скалы и горы, расположенные на южном берегу Крыма, в посёлках Симеиз и Гурзуф

Однажды пришли к Киру Экклезиастову агенты. Пришли и говорят:

— А езжай-ка ты к нам, Кирюша! В Америку! У нас таких, как ты не хватает. Был один Солженицын, да и тот обратно в Рассею убежал.

— А чё мне там делать? В Америке-то вашей? У меня и здесь с пропитанием порядок.

— А мы — говорят агенты — будем тебе двойную порцию выдавать. И ещё там... прогулки, шахматы, спортзал...

Короче, и так и этак пытались его сломать агенты, а он ни в какую. Ну не ведётся Кир Экклезиастов. Что тут скажешь? Сильная личность. Плюнули агенты, сели в свои чёрные «вольво» и опять ни с чем уехали.

А был у Кира Экклезиастова друг! Друг у Кира Экклезиастова был! Друг был у Кира Экклезиастова... и звали того друга... впрочем, я забыл, как его звали. Но суть не в том. А суть-то вся в том, что у того друга был другой друг. — Друг друга... Ну, друг того друга, который приходился другом Киру Экклезиастову. Короче, как ни крути, другой друг.

Ну вот! А звали его, стало быть, Вербальный Заяц. И друг этот, надобно заметить, был с норовом. К нему, бывало, так просто не подойдёшь. Непременно подарок нужен.

Ну вот, однажды, отправил он sms Киру Экклезиастову: «Принеси мне подарок!». Вот так прямо и сказал... Но у Кира широкая душа-то!

Он подумал: «А почему бы и нет?» и принёс.... Принёс он подарок, смотрит, а там, на воротах чудовище страшное нарисовано и написано: «Злая Собака». А ниже номер дома вывешен. — Четырнадцатый, стало быть. Ну, Кир постоял малость, подумал, да и зашёл внутрь. — Зашёл, а там уж чудовище страшное сидит.

— Здравствуй! — сказал Кир.

— Да привет! — отвечает ему чудовище страшное.

— А ты кто? — спросил он.

— Я Подстрахуй. А там, в доме живёт Вербальный Заяц. Ну, а ты подарок принёс-то? А то ведь он не пустит! А я подстрахую!

— Кого?

— А ты к кому пришёл? — обнаружило еврейское свое происхождение чудовище страшное.

— Да ладно тебе! Дурака включить нельзя? Я вот возьму и не дам подарок! — Обижусь, типа. И подстраховка твоя ни разу не поможет!

Набросился Подстрахуй на Кира, и Кир убил его. Убил Кир Подстрахуя — чудовище страшное! Убил он его, повернулся и ушёл. Даже не стал к Вербальному Зайцу заходить, подарок дарить. Пошёл домой и подарил его Саше.

А то, как-то раз, решил Кир пойти на рыбалку. А Саша Мышьякова не хочет его сопровождать.

— У меня — говорит — месячные...

— И то, велика беда, месячные! Тебе что, месячные мешают ходить?

— Знаю я вас, мужиков! Где рыбалка, там и полный пансион!

Хотел было Экклезиастов возразить, что не в том он возрасте, чтоб полный пансион совершать. Что хочется ему всего-то посидеть на берегу реки с удочкой, и чтоб было, с кем поделиться своими мыслями, да было, кому положить на колени свою уставшую от оных мыслей голову. Но решил, что эти оправдания будут совершенно лишним унижением.

В общем, пошёл он на рыбалку один.

Закинул Кир удочку, сидит, а из воды вдруг водяной вылез и так это нагло говорит ему:

— Ну, ты, чего, мол, рыбу мою ловишь?!

— А рыба тут не твоя. — отвечает Кир Экклезиастов. — Рыба — общественная!

— Это она была общественная! В то время, когда ты был маленький. Тогда я и попускал все безобразия, которые ты творил тут со своими друзьями-подругами, да с Сашей Мышьяковой своей. Нынче другие времена пошли. Нынче вся рыба здесь у меня на попечении числится.

Не понравился Киру такой спич! Разозлился он не на шутку.

— Водяной, праотцов твоих в дупло! Я таких, как ты, водяных за пояс пачками засовывал! У меня сейчас дурное настроение. Если не уберёшься, я тебя сам уберу! А то провонял всю рыбу в реке тухлятиной своей!

Обиделся водяной, да и порвал ему леску. А Кир, на это, вскочил и стал стучать водяному удочкой по голове. Наконец водяной достиг состояния обморока и благополучно поплыл себе, брюхом кверху, по течению.

А Кир Экклезиастов, достал новый крючок, грузило и приманку и восстановил функциональность своей удочки. Посидел он ещё с полчаса, поймал-таки щуку и пошёл домой, обедать.

Один раз за город выезжал. Выехал он, значит, за город, а как въехать обратно, не знает. Послал скалолазу Мише sms. А тот как раз совершал с кем-то акт полового соития, и впопыхах написал ему такое:

«Помнишь, как я тебя учил? Никогда не ходи проторенными путями! — это не прикольно... Ищи и прокладывай новые пути! Короче, будь во всём первым! Короче, дерзким будь! Короче, отъебись!.. Я занят...»

Послушался Кир Мишу, съехал с дороги и поехал себе, куда глаза глядят. Так и ехал он, долго ли, коротко ли, пока не заехал в канаву.

Пришлось сигнальные ракеты пускать...

А вот, как-то пошёл Кир Экклезиастов в Кино! Вернулся, и его спрашивают:

— Ну как, дескать, кино?

— Хорошее!.. — А про что?

— Про войну.

— Да в войне-то что хорошего?

— В войне — ничего. А кино хорошее! Вот, к примеру, как Чапаев с коня упал и сразу утонул. Главное удариться не успел. Больно не было! Или как крейсер Аврора американский Торговый Центр сшиб.... Я прямо расплакался при этой сцене. Или как Рембо Трою брал. Короче, если тебе уже невмоготу, иди в Кино! Про войну...

Любил Кир Экклезиастов фотографировать всё! Он был фотограф любитель. И была у него камера любительская, цифровая, 107 мегапикселей. Вот он видит: ворона прилетела, каркает. Он её раз, и сфотографировал. Ворона улетела... Видит он: Саша Мышьякова раком стоит — трусы его — Экклезиастовы полощет, он и её.... А потом на компьютере увеличивает до предела, — наслаждается...

А ещё Кир Экклезиастов любил смотреть сны. Сны у него были цветные, с полифонией. Вот снится ему как-то: идёт он высоко в горах, нехоженой тропою, а навстречу ему —

снежный человек.

— Который час? — спросил у Кира снежный человек, поравнявшись с ним. А у того аккурат, в тот момент не было часов. Ну, он возьми и скажи:

— Уважаемый снежный человек, часов не имею, по той причине, что не беру их с собой в постель. А посему, удовлетворить ваш интерес никак не могу.

— Дурень! — сказал ему на это снежный человек. — Ты проснись, встань, посмотри на часы, и узнаешь.

Проснулся Кир Экклезиастов, встал, посмотрел на часы — там было 03.13 — и лёг обратно. Лёг, а заснуть никак не может. Мерещатся ему два снежных человека, и, как один, говорят:

— Дурень, ты дурень, Кир Экклезиастов! И чего ты носишься со своими стихами? Писал бы батальные картины, больше проку было бы!

— И нечего меня учить! — напустился на снежных людей Кир Экклезиастов. — Я хоть и не в шерсти, а усы и борода завсегда имеются. Но снежные люди не стали дослушивать до конца мощный Экклезиастов спич, а тихо так испарились.

Короче, исчезли снежные люди. Остался Кир Экклезиастов один. Остался он один и стал думать: «а не заняться ли и впрямь батальными картинами?» Думал, думал и опять заснул. И опять перед ним снежный человек стоит.

— Ну что, — говорит, — узнал, который час?

— 03.13 — говорит Кир Экклезиастов.

— Я так и знал. — бросил снежный человек, и пошёл себе своей дорогой.

— Чего было спрашивать, если знал? — возмущённо крикнул ему вдогонку Кир.

— Требовалась проверка.... И, к тому же, ты получил определённый урок! — ответил снежный человек.

— Какой, такой урок? — думает про себя Кир. — Про то, что батальные картины следует писать? Так я и сам об этом подумывал.

А сон тем временем продолжался. Вот он видит: летят крылатые конь и корова. Не так, чтобы очень высоко летят — метрах в десяти над горой, — а всё ж летят... Огибают скалы, понижают высоту над впадинами.

— Как они называются? — подумал Кир Экклезиастов. — Где-то я читал про таких.

Пролетели звери мимо него и даже не поздоровались.

Повернулся он, смотрит им вслед, и такая тоска у него в глазах!

— Вот бы самому полетать! — думает. Попробовал взлететь, — никак! Правую ногу от земли отрывает, — левая стоит. Отрывает левую, — правая остаётся... попробовал оторвать обе ноги — прыгнул и упал.

Упал Кир Экклезиастов, лежит и смотрит на муравьёв, как они резво жука тащат. Жук сопротивляется, швыряет их, куда ни попадя. А их, гадов, много. Вот они его и волокут к себе в муравейник. Там ему и конец приснится. Посмотрел Экклезиастов на это дело, — стало ему скучно, — встал и пошёл, куда глаза глядят. Долго ли коротко шёл, подходит к пещере. А в пещере темно. Тут он вспомнил, что страдает клаустрофобией, испугался, и пошёл в другую сторону.

Идёт Кир Экклезиастов, смотрит: ворон к нему летит. Подлетел и сел на плечо.

— Господин Экклезиастов? — спросил ворон хриплым голосом

— Ну, вроде как я... — отвечал ему Кир.

— Мне велено передать вам указание Президента: Президент озабочен неумеренно богатым содержанием ваших сновидений, и, во избежание возможного вреда вашему здоровью, кое-является непреложным достоянием Государства, навсегда запрещает вам пускаться в, какие бы то ни было, авантюры, находясь во власти Морфея!

— Уйди поганая птица!

Кир Экклезиастов небрежно смахнул ворона с плеча, посмотрел на него сурово и продолжил:

— Передай своему президенту, что его указания мне не указ! Не его государственной морде печься о безопасности моего здоровья! Моё здоровье — достояние только моё! Государство я могу, не сегодня-завтра, поменять, а здоровье мне никогда не заменить!

— Берегись, Экклезиастов! — прокричал хриплым, срывающимся на кашель голосом, ворон. — От Государства далеко не убежишь! У нас везде глаза и уши!

— Уши я вам надеру, а глаза повыкалываю! — Нечего мною помыкать! Я сам себе Государство!

Видя, что спорить бесполезно, ворон улетел, а Кир, отдышавшись и успокоившись, пошёл дальше. Ну, короче, идёт он, смотрит: Гастроном стоит! Прямо в горах!

— Интересно, откуда здесь Гастроном? — подумал Кир. Но долго думать не стал. Взял, да вошёл внутрь. А там за прилавком потный мужчина стоит. Стоит и смотрит порно по телевизору. А телевизор у него чёрно-белый, ламповый, такой, какие были ещё во времена, когда Кир Экклезиастов был маленький.

— Добрый день! — говорит Кир.

— День просто замечательный! — многозначительно откликнулся потный мужчина.

— Жарко! И коровы летают, — страдальческим тоном, заметил Экклезиастов.

— Жарко, не то слово! Да и с коровами надо бы уже что-то решать.

— А чего ж ты, так твою, да эдак, говоришь, что день замечательный? — взбеленился Кир Экклезиастов.

— А мне в Гастрономе большой разницы нет, жарко на улице, или холодно. У меня кондиционер работает!.. И каждый день — замечательный! — сказал потный мужчина, причмокнув при очередном наиболее пикантном моменте в порно-фильме.

Кир Экклезиастов стоит, смотрит на него, а что дальше сказать, не знает. Тут потный мужчина начал вовсю чмокать и облизываться, глядя выпученными глазами на экран телевизора. Посмотрел и Кир туда, а там как раз чей-то член в чьём-то анусе совершал ламбадообразные движения. Потом, пару секунд ещё попрыгав, и покрутившись, выскочил из тёплого местечка и стал неблагодарно забрызгивать последнее своими белыми соплями.

— Насилие над личностью, — резюмировал Кир.

— Ты хочешь сказать — над задницей? — насмешливо спросил потный мужчина.

— А где ты видел личность без задницы? Или наоборот?.. И вообще, кто тебе дал право смотреть такое в Гастрономе?

Хорошо, хоть футболку поменял — у потного мужчины футболка теперь была синяя. И написано на ней было: «Спартак чемпион»...

— А вот они и дали, — сказал потный мужчина, направив грязный указательный палец куда-то в угол. Кир Экклезиастов обернулся, следуя персту указующему, и обнаружил стоящих возле дальнего прилавка агентов. Те тут же сделали вид, что изучают ассортимент прилавка.

Кир Экклезиастов сразу сдрейфил, притих и стал усиленно думать.

«А зачем, — думает, — понадобилось агентам устраивать просмотр порно в Гастрономе?» Неужто, они хотят превратить его в какой-то элитный кинотеатр? Не спроста всё это! А ну, как они хотят меня скомпрометировать... Приписать мне несуществующие грехи... Не бывать этому! Я порнухой никогда не балуюсь. Мне Саши Мышьяковой хватает. А когда не хватало, то скалолаз Миша выручал.

И так он вырос в собственных глазах от этих мыслей, что стал смелый. Повернулся и, с гордо поднятой головой, направил свои стопы к агентам.

— Добрый день! — говорит он им. — Проголодались, ребята?

А агенты стоят, как в прорубь макнутые, не знают, что и ответить на это. Один из них — самый смелый, по всей видимости, бугор, произнёс: «Здрасьте!», и повернулся к прилавку. Видит Кир: боятся его агенты. Ну он решил поиграть:

— Вот, — говорит, — сосиски копчёные — в своём соку мочёные, вот колбаса-рулет с заварным кремом и курагой «Грёзы пуританина», вот котлетки «От нимфетки»; шницель из ризеншнауцера. Вот сыр «Рокфор». А вон там кефир!..

— Не торчим мы по кефиру! — отвечают ему агенты. — Нам колбаса нужна! И в советах твоих мы не нуждаемся! Так что, иди, куда шёл!

Обиделся Кир; схватил одного агента за ноги и пошёл сшибать им всех остальных. Короче, повалил всех в кучу, сверху бросил последнего, высморкался и плюнул на них. И ушёл.

Оставил их Кир Экклезиастов выбирать себе колбасу, да смотреть порно и пошёл прочь из Гастронома. Даже забыл, зачем заходил.

«Ну их этих агентов! — думал он про себя. — Скользкие они. Чегото не то скажешь, могут тебе шприц с ядом загнать. Я бы таких сажал на плот без вёсел и парусов и отправлял в кругосветное плавание с обязательным посещением Бермудского треугольника. Тогда бы уж знали who is who и не терроризировали безобидных уфонавтов.»

Ну идёт он дальше; кругом скалы, камни... солнце печёт с безжалостной силой. Нашёл он тенёк под скалой, и сел там отдохнуть. Вдруг, откуда ни возьмись, появляется Шерлок Холмс.

— О! Hello, my friend! What are ye doin' here?

— Я здесь есть гулять, — на чистейшем английском отвечает ему продвинутый Кир.

— Haven't you seen professor Moriarty «round here? I'm about to catch him

— Нет, я не видеть его.

— But maybe, by chance, you've seen the Hound of the Baskervilles? — С надеждой в голосе спросил Шерлок.

— На сколько я знать, собаки Баскервилей не водиться в горах, — надменно ответил Кир.

— Yeh, you're right. But professors Moriarty as well don't live in mountains, yet it happens to catch one.

— А я не видеть и не хотеть поймать ни профессоров Мориарти, ни, as well, собак Баскервилей. Я устать и сесть отдохнуть, — раздражённо ответил Экклезиастов.

— I didn't mean to ask ye for help or anything. I just wanted to know...

— Я устать и хотеть отдохнуть! — перебил Холмса Кир. — Иди спрашивать в Гастрономе! Там тебе рассказать и показать.

— Thank you much! — сказал Шерлок Холмс и побежал в сторону Гастронома.

— Always welcome! — ответил Кир, глядя на убегающего Холмса. — Вот пострел! Чего ему на Бейкер-стрит не сидится? Ищет приключений на свою голову.

— О, нет, ещё один оглашённый! — простонал Кир, завидев, спустя минуту, Доктора Ватсона. Непременный соратник Шерлока Холмса бежал к нему, придерживая одной рукой кепку.

— Hi, Kir! Haven't you...

— Туда! Он побежать туда! — резко оборвал его Кир, указывая в направлении Гастронома.

— Thank you! — бросил Ватсон и помчался за Холмсом.

— Ну, полагаю, вместе-то они справятся с агентами, — сказал себе Экклезиастов. — Вообще, славные ребята... но были бы ещё славней, если бы не совали свой нос в не приспособленные к этому отверстия.

Посидел Кир ещё малость, встал и пошёл дальше. Шёл он так, размышляя о том и об этом, как вдруг вышел к луже. А там уже лягушка сидит — стрелу во рту держит.

— Привет! Ты царевна? — запросто обратился к ней Кир.

А у царевны хлебало занято. Она и говорит:

— Угу, — дескать.

— А замуж хочешь?

— Угу.

— А вот не возьму! — нагло воскликнул Экклезиастов и пошагал дальше.

— Развелось тут всяких... невест, лягушек, агентов и прочей шушеры. Ющенко с Януковичем на вас нет!

Идёт он значит дальше, но куда не знает. Где легче, туда и идёт. Подходит к большому камню. На камне голая женщина нарисована, и стрелка — направление показывает. Заинтересовался Экклезиастов — пошёл в ту сторону. Вдруг, смотрит: верёвочная лестница в небо уходит. Ухватился за конец верёвки, потянул, а лестница упала на него, да как заорёт:

— Ты что, ненормальный! Решил детство вспомнить? Я те покажу детство! Завяжу тебе конец узлом и повешу тебя, осла, на сосну! Сушиться.

Открыл он глаза, а это его Саша Мышьякова. А держит он её, всё ещё орущую, за косу.

— Я так люблю тебя, милая! Я только там это понял, когда посмотрел порно по телеку. Надо нам с тобой будет попробовать анал!

— Я те попробую анал! Насажу на водонапорную башню, и будешь у меня кайфовать!

Видит Кир Экклезиастов, Саша к сексу не настроена. Пошёл жарить яичницу.

В другой раз ему приснилось море; он купался. Заплыл далеко, и его съела акула. Лежит он, свернувшись калачиком, в желудке у акулы и вспоминает всю свою жизнь. Что, в общем, не плохая была жизнь. И нечего было жаловаться. Много всего повидал. Даже в Лес ходил! — Один раз. — Но ведь, ходил же! С уфонавтами дружбу водил. Вот только одна беда — не написал ни одной батальной картины. И со скалолазом Мишей не успел попрощаться. И с Сашей Мышьяковой, тоже.... Как только Кир вспомнил об этом, акула взяла, да и проглотила ещё красивую девушку. Кир Экклезиастов вежливо поздоровался с девушкой, сразу, как только она оправилась от шока.

— Простите, а вы пробовали когда-нибудь анальный секс? — спросил её Кир Экклезиастов.

— Пробовала. — отвечала ему красивая девушка. — И не только!..

— А я вот, за свою жизнь, ни разу... Саша не давала. И Миша тоже отказывался. Давай с тобой сейчас это забацаем, пока не переварились!

— Ну, давай! — сказала красивая девушка, сняла плавки и повернулась к нему задом.

Кир Экклезиастов встал, снял штаны, аккуратно сложил, чтоб не помялись, и положил сбоку, трусы снял, снял и повесил на гвоздик рубашку с галстуком от Versace, расшнуровал свои лакированные ботики, аккуратно снял, поставил их в уголок, потом снял носки, понюхал, подумал, засунул их ботинки, сел и смотрит на зад красивой девушки...

— Ну ты, пень, ты так и будешь сидеть и смотреть на меня? — подала голос красивая девушка. Я уже замёрзла без плавок.

— Я подумал, а вдруг Саша обидится? Она у меня такая впечатлительная!

— Ну и катись к своей Саше! Секса он анального захотел! Завтра будешь акулу в зад иметь! В рот ты её сегодня поимел, — в полный рост поимел!

Обиделся Кир. Надулся и молчит. Не разговаривает с красивой девушкой. Сидел так, думал, да и проснулся. Проснулся, смотрит, вроде как ночь, а на улице свет какой-то странный. Вышел он на балкон, а там уфонавты с Сашей Мышьяковой беседуют о чём-то. Забеспокоился Кир: уфонавты, они ребята, конечно, не плохие, но Сашу Мышьякову он даже самым лучшим в мире ребятам не отдал бы. Потому как, его она и ничья больше!

Спустился на лифте вниз, а там уже тихо и темно, как и положено ночью. И никаких тебе уфонавтов, никакой Саши... — Померещилось мне, что ли? Бывает же такое!..

Поднялся обратно, смотрит, а Саша сидит в кровати.

— Тебя где носило? Ты что, лунатизмом страдаешь?

— Я красивую девушку спасал. Но так и не спас. Её акула съела. — задумчиво ответил Кир.

— Ты что, псих? Какие акулы в три часа ночи у нас во дворе?!

— Не знаю... я вышел, их уже не было.

— Ох, спи уже! Спасатель ты наш! — с досадой сказала Саша, и отвернулась к стенке.

Но не спится нашему Киру. Всё гложут его сомнения да подозрения. Пошёл он на кухню, достал пиво из холодильника, сел на стул и пустил по горлу живительную прохладу. Знакомый и всегда желанный вкус оказал на него своё расслабляющее действие, и Кир Экклезиастов глубоко и с облегчением вздохнул. Короче, попустило его от пива.

Сидит он, и уже со свежей головой, обдумывает предшествующие видения.

— И чего это я, баран, отказался от такого соблазнительного зада? Она ж мне его, можно сказать, на тарелочке с голубой каёмочкой, а я.... Где мне ещё такой подвернётся? Такой белый, с бархатистыми полушариями, гостеприимно разошедшимися, зовущими отведать сокровища, что совсем недавно было надёжно сокрыто между ними.

— И я, лопух, отказался от этого дара. Ради чего? Ради Сашиных поучений? Наверно, я её люблю. Вот только за что?.. Кир Экклезиастов, встал, тихонько пробрался в спальню, достал из тумбочки блокнот и, вернувшись на кухню, принялся сочинять новую поэму. Рабочее её название было «Акула, или красивая девушка (дилемма и трагизм)».

А вот был случай; написал Кир Экклезиастов очередную поэму «Половые акты во кишечном тракте». Видимо, был ещё под впечатлением того сна. Так его болезного заклевала цензура.

— Это, — говорят, — порнография во всей красе!

— Так ежели она в красе, то чего вам неймётся? — устало парировал Экклезиастов. — По мне, если красота, так она и есть красота. И нечего путать уши с носом! Задача искусства в том и состоит, чтоб нести в мир красоту! И пусть философы, да богословы размышляют, что хорошо, а что плохо. А мы — художники, — когда были крохами, как-то пропустили этот отцовский урок! Не на то у нас мозги были настроены!

— Ты нам, Экклезиастов, зубы не заговаривай! — говорят ему цензоры. Мы вашего брата, художника знаем, как облупленного! Всё-то вам мало свободы! Всё-то вам тесно дышится! А вот мы возьмём и не пропустим это твоё бессмертное творение!

— А я кончал на вас! На вас и на вашу цензуру! Я легко найду какое-то независимое издательство, которое с радостью опубликует поэму, да ещё и заработает на ней неплохо!

Короче поссорился Кир с цензорами. Выгнал он их из дому взашей и пол за ними подмёл.

— Раскомандовались тут!.. Всех бы им приструнить! Всех бы прилизать, да причесать под один фасон! А нам этот фасон не в унисон! Мы будем ходить лохматыми!

А вот как-то приснился Киру Экклезиастову кошмар:

Взобрался он со скалолазом Мишей на гору Кайласа, что в Гималаях. Снег метёт. Ветер ужасный. Но вот туча понемногу начинает уползать и открывает заснеженные красоты священной горы. Смотрят они: на самой верхушке какое-то строение обосновалось...

— Ах, батюшки светы, — воскликнул поражённый Кир. — То ж Гастроном наш! Кто ж это его сюда, болезного, затащил?

— вполне может статься, что это местный, Гималайский Гастроном. Впрочем, мы сейчас проверим. — Ответствовал скалолаз Миша.

Заходят они, а там сам Кайласанатха — Шива-Натараджа выплясывает. И всеми осьмью руками в такт танца двигает. А на нём футболка красная с восемью рукавами, и на футболке написано:

«Моя родина СССР».

Смотрит Кир на это дело, и глаза у него на лоб лезут.

Присмотрелся он повнимательнее, а это потный мужчина так размахался руками, что кажется, будто их восемь, а не две. И ведь каковы кренделя выделывает стервец: и гопак пляшет и вальсирует и на голове волчком крутится.... То-то радость у него какая-то приключилась.

— Ты чего? — спрашивает его изумлённый Кир.

А тот запыхался; говорить ничего не может, а знай, прыгает с головы, да на ноги.

— Эй, ты ведь так все мозги и повытряхиваешь! — Все, какие остались, — предостерёг потного мужчину скалолаз Миша.

Видит Кир: не унимается человек. Прицелился он и саданул ему по челюсти. — Потный мужчина упал. Упал, лежит; глаза бегают, — того и гляди, выскочат из орбит, — с нижней губы кровь стекает. — Страшное зрелище.

— Чего это тебя так колбасило? — спрашивает его Экклезиастов.

— Меня... меня, — говорит потный мужчина, отдышавшись, — назначили директором Гастронома.

— Оооо! — выдавил из себя, ошарашенный Кир. — Да кто же это тебя назначил?

— Агенты назначили. И Гастроном тута поставили, чтоб всяких отшельников и скалолазов к идеям коммунизма склонять.

— Вот тебе и огурцы в губной помаде! Да что ж это они с печки брякнулись? — в отчаянии промолвил Кир, сам готовый брякнуться в обморок.

— Это, что же, ты и меня будешь склонять? — возмущённо шевеля усами, спросил скалолаз Миша. — Да будет тебе ведомо, что меня, кроме как к извращённому сексу, ни к чему склонить невозможно!

— Найдёт и на тебя управу, — устало промолвил Экклезиастов. — У него порнуха есть. — На любой вкус!

И в этот момент через форточку влетает воробей. — Ободранный, общипанный, с запёкшейся кровью на боках, — из последних сил несёт письмо, привязанное к ноге. Ударился о плечо Кира и упал замертво.

— Ах ты бедный птенчик, никак ответ от Гарри Поттера принёс?

Отвязал Экклезиастов пергамент от ноги почившего воробья, развернул и стал читать ответ заморского друга.

Dear Kir,

That fucking Voldemort's placed your Grocery's up on the summit of Kailas. The sweaty man is his protégé. Lord Voldemort, knowing the wild temper of Shiva, thought he would assist him on this world's peak full of the dark power of the god. But gods never do as we expect them to! Shiva's got furious at this and in no time gonna destroy that Grocery's. So don't linger! Take your heels outa there!

Harry.

— Чего он говорит? — спросил скалолаз Миша, глядя на испуганное лицо Кира.

— Говорит? Говорит, валить нужно отсюда! Сейчас тут всё взлетит к бесовой матери. Затем, обращаясь к потному мужчине: — Эх была бы у меня волшебная палочка! Всунул бы я её тебе по самое не-хочу, да сказал бы: «Ректум инфламаре!»

С этими словами он повернулся, подхватил под локоть скалолаза Мишу и поспешил к выходу. Но не успели они дойти, как это случилось. Всё стало сплошным огнём... дверь улетела вперёд, они со скалолазом Мишей за ней. — Только не целиком, а постепенно разрываясь на куски. Всё было, точно в замедленной съёмке. Экклезиастов наблюдал, как его тело, расщепляясь на части и сгорая на ходу, улетает куда-то в бездонную пропасть. Но вот пропасть кончилась. — Он упал.

Открыл глаза и понял, что упал с кровати. Лежит он так, смотрит наверх, а сверху на него смотрит Саша мышьякова.

— Ты чего, окаянный? Кричал, как будто тебя кто режет. Я толкнула, чтоб разбудить, а ты упал. Опять спасал кого-то?

— Даааа... — неопределённо протянул Экклезиастов, глядя на Сашу невидящими широко открытыми глазами. Немного погодя: — Они же Гастроном взорвали!

Вскочил и побежал на улицу.

— Ты куда ненормальный? Трусы хоть натяни! — крикнула ему вослед Саша.

Да куда там! Помчался Кир — не догонишь!

Прибегает, смотрит: стоит Гастроном целый и невредимый. Он прямо сел от облегчения. Потом встал, зашёл внутрь, — всё, как полагается: прилавки с продуктами, очередь стоит и потный мужчина тут как тут, в очереди столбычит. Подошёл Кир Экклезиастов к нему весь в слезах и сделал невозможное — обнял и поцеловал потного мужчину взасос. Потом погладил его по голове, посмотрел ласково, для порядка, двинул по челюсти, — потный мужчина, при этом перелетел на ту сторону прилавка, — и пошёл домой, плача.

По пути, он увидел, как по улице проводили слонов. Слоны были разные. Были слоны большие, были маленькие... Но все какие-то худые и высокие; с длинными тонкими ногами. Особенно молодняк. Они бегали, прыгали, резвились, и всё дефилировали своими несуразно длинными худыми ногами.

— Стильные слоны пошли! — сказал сам себе Кир Экклезиастов.

В этот момент к нему подошёл милиционер.

— А вы чевойто, молодой человек без прикида разгуливаете? — бесцеремонно поинтересовался он у Кира. — А предъявите-ка вы мне ваши документы!

— А где, по-твоему, я могу прятать документы, ежели я разгуливаю нагой? Ты бы лучше почистил свою фуражку! Очень похоже на то, что ты кладёшь её ночью под кровать. Милиционер покраснел, выхватил пистолет, стал в стойку...
— А ну, — говорит, — документы давай!

— А вот тебе! — Сказал Экклезиатсов, демонстрируя ему свой средний палец. — Могу и в оригинале показать! — И он схватился за свой болтающийся орган.

Это окончательно вывело милиционера из себя. Он уже топал от злости, заламывал руки, пытаясь достать зубами до локтя. Ломался этак некоторое время, потом вывернул руки назад, выгнул спину бубликом и пошёл вприсядку. Идёт это он значит так: изо рта слюна капает, фуражка злосчастная чуть держится на плешивой макушке, колени выше головы летают...

— Ты бы бросил пистолет, а то застрелишь кого! — Крикнул ему Кир.

Но не слышит его милиционер. Аффект его долбит бедного.

В этот момент, один из стильных слонят, обратил внимание на performance милиционера, подбежал и стал радостно прыгать и трубить своим стильным хоботом. И так разыгрался, что не заметил, как наступил на несчастного служителя порядка своей длинной ногой и раздавил того, можно сказать, при исполнении...

Ну, надо отдать ему должное, как только он увидел, что натворил, сразу сделал ноги. — Он сделал их ещё длиннее и помчался куда-то быстрее ветра.

Посмотрел Кир Экклезиастов на это печальное зрелище, вспомнил историю про маленького мальчика, что нашёл пистолет, и, решив, что умирать ему рановато, взял обрызганное чем-то из внутренностей милиционера оружие, вытер об штанину последнего, вздохнул и продолжил свой путь к дому.

— Что-то уж больно много приключений сегодня! — думал Экклезиастов, вальяжной, неспешной походкой продвигаясь к дому.

Прохожие шарахались, кто куда, едва завидев, эту обнажённую фигуру с пистолетом. Из-за угла вышла молоденькая девушка, судя по виду, претендующая на звание леди-вамп, увидела Экклезиастова, завизжала, что твоя сирена, и рванула когти, побыстрей, чем давешний слонёнок. При этом, не совсем ясно было, что привело её в такой сильный стрём — оружие в руке у Кира, или оружие между ног его? Как бы там ни было, девчонка убежала. Только шузы остались стоять рядком на тротуаре. Постоял Кир, подумал, решил, что Саше лишние шузы ни в коем разе помешать не могут, подхватил их свободной рукой и, уже без происшествий, добрался, наконец, до дома.

Пришёл он домой, а там гости: скалолаз Миша приехал со своей новой подругой Розмари Уморёной. Кир Экклезиастов, как увидел их, так и упал на пол. Очнулся он уже в постели — чистый, вымытый, трофеев принесённых в поле зрения не наблюдается, а над ним склонились, с озабоченным видом, Саша и Миша с подругой.

— Фу, — облегчённо выдал скалолаз Миша, — ты нас напугал! Я же говорил: бросай это грязное дело — бумагу марать! Ходи почаще в походы! Меняй обстановку! — и он кивнул в сторону своей томного вида подруги Розмари. Саша этот жест заметила и неодобрительно нахмурилась

— В абрикосах меры не знает, чревоугодник, — подала она голос. — Вот и гоняет по городу голышом.

— Ты кого там уже порешить успел? — грубо и с пристрастием обратилась она к Киру. — У кого пистолет отобрал, говном смердящий? С чьих немытых ног шузы снял?

А Кир лежит, рот открывает, а ничего сказать не может.

— Я... я, — говорит. — Я не знаю... мне так странно и так радостно вас всех видеть... я только пришёл в себя, а вы мне такие вопросы каверзные задаёте.

— И то правда! — воскликнул Миша. Чего ты его грузишь? Видишь, он сам не свой! Дай ему оклематься! Ещё успеет извилинами поработать.

— Он всю свою жизнь, — сколько я его знаю, — сам не свой! И всё никак не оклемается! — буйствовала Саша Мышьякова.

Но её угостили вином массандровским, и она отошла. Отошла, села в уголке и стала мурлыкать что-то жутко немелодичное себе под нос. А гости продолжали доставать подарки. Их у них был целый мешок и полкоробки. Были тут и Крымские эфирные масла, и индийские благовония и голубые дельфины китайские, и колокольчики, тоже китайские, и ракушки в ассортименте, и можжевельник краснокнижный во всех видах.

Порасставили они дельфинов, ракушки и прочую дребедень по полочкам, поразвесили по всей квартире колокольчики, позажигали благовония, сели и начали пуджу совершать. А

Кир Экклезиастов как в позу лотоса сел, так, сидя, в астрал и вышел. Вышел, смотрит: кругом лотосы, огни всякие там, звёзды, боги с демонами амриту пьют.... Подходит к нему Шива и смотрит так это презрительно:

— Чего сидишь? — спрашивает.

— А чего делать надо?

— Твои братки давеча мне на гору свой бордель поставили. — На самую верхушку, где я люблю медитировать! А ты не знаешь, что делать? Упасть передо мной и молить о прощении!

Кир Экклезиастов, на всякий случай, встал на колени — всё-таки стрёмно спорить с богом.

— Ежели я в чём виноват, нижайше прошу прощения! Да только не мои это братки были, что ставили, как вы изволили выразиться, «бордель» на вашу гору.

— Знаю, то был Волан Деморт из мира ваших шарлатановволшебников. Тугодумы, отделились от остальных смертных, выстроили свой квазимирок и думают, что вся природа в их руках. Да только, для меня, вы все на одно лицо!

— Могу лишь повторить, что ничего общего с Волан Демортом не имею. — сказал Кир. — И в установке Гастронома на Кайласе участия не принимал. И даже наоборот, был расстроен и страшно разозлён, узнав о совершении сего варварства.

— Ну ладно! Будет тебе пресмыкаться! — смягчился Шива. — Знаю я, что ты не самый конченный чувак. Айда с нами амриту пить!

— Амриту???

— Да не бойся ты! Бессмертным не станешь! Ты же здесь в астральном теле.

В общем похлебали они амриты, побазарили о том да о сём; Кир Экклезиастов поплакался богам, что вот он так любит свою Сашу, а она его вечно обижает: не может сообразить, что это его извечное духовное напряжение — благодаря каковому и совершается у него творчество — приводит к постоянной рассеянности и сумасбродным поступкам.

— У Саши твоей очень тяжёлый темперамент. — сказал ему Кама. — Тут даже я ничего сделать не могу. То, что она любит тебя, это однозначно! Так что, старайся не выводить её из себя, и всё будет отлично! И в попу она тебя, рано или поздно, пустит. Главное, не напрягай её! Уделяй ей побольше внимания! Помни, что стихи тебе не заменят любви!

— И ещё, — обратился к Экклезиастову Вишну. — Тебе нужно отдать туфли той девушке, которую ты напугал, и извиниться перед ней! Пистолет тоже надо бы сдать в вашу милицию. Оставлять его дома опасно, если учесть, сколько у вас бывает различных посиделок.

— Непременно сделаю. — обещал Кир. — Да только как мне ту девушку найти?

— Завтра, в 9 часов будь на том же месте! Она сама к тебе придёт. — отвечал Вишну.

В общем, достигли они консенсуса по всем вопросам. Сказали Киру, что он крутой мэн и, чтоб продолжал в том же духе, попрощались с ним, и он вернулся на землю — в свою, до боли родную, квартиру, к Саше Мышьяковой и её поучениям, да к гостям своим: скалолазу Мише с Розмари Уморённой.

Пришёл он, значит, в себя, но не спешит шевелиться; сидит, потихоньку открывает сначала левый глаз, потом правый, смотрит: комната вроде не претерпела никаких изменений. Только дыма — хоть топор вешай — накадили. Смотрит по сторонам: все ещё сидят — из астрала не повыходили. Потом смотрит: из-за диванной спинки, вверх по паутине, паук карабкается. Медленно так, важно перебирает своими восемью ногами.

— Прям, как тот Шива, — подумал Кир. — Только у того восемь рук и ещё две ноги. Зачем ему столько? Чтоб амриты успеть побольше выпить, пока другие щёлкают?

А паук тем временем, взбирался всё выше. Со своеобразным паучьим кокетством, нехотя изменяя положение тонких конечностей, брал, подтягивал и отпускал нить, поднимаясь вверх вдоль стены. Но тут что-то случилось. То ли паутина порвалась, то ли что, только паук упал!!! Был, и не стало его! Кира аж передёрнуло всего. Он закрыл глаза, снова открыл, протёр их, — пусто. Паука нет.

— Бывает же такое! — тихо сказал он себе. — Даже такие многоногие, и те падают. Может, это знак? Может, подразумевается, что мне следует быть поскромнее? Не зарываться? Сегодня же пойду отдам пистолет в мусарню. Скажу, мол, так и так, не смог спасти вашего мусора, зато вот оружие табельное сохранил. Глядишь, они мне благодарность выпишут, награду какую определят.

Но ничего ему такого сделать не получилось. Из астрала вышла Саша и повыгоняла всех из дому. Скалолаз Миша со своей Розмари едва успели опомниться, как оказались за дверью вместе с поддерживающим их Экклезиастовым. Вдогонку им летели привезённые сувениры, а Саша Мышьякова, кричала на весь дом: «Понаехали хиппаны! Закадили мне квартиру! Мотайте в свой Крым!»

Заинтригованный шумом, их сосед по площадке, Котофил Рождественский, очень вовремя угадал открыть дверь. Как только он произвёл вышеуказанное действие, представив всеобщему обозрению свой луноподобный, лишённый мысли, но не лишённый интереса к происходящему торец, как, в тот же миг, с припечатанным к оному крупным кассисом*, влетел обратно, в пределы своей жилплощади.

Расстроенный скалолаз Миша, попрощался на улице с Киром, взял под руку Розмари Уморёную и уехал в свой

Симеиз, в сотый раз покорять Кошку с Дивой. А Кир Экклезиастов, расстроенный куда больше ихнего, пошёл к ларьку. Потом пошёл в Гастроном... потом — на рыбалку, потом в горы пошёл, побеседовал там со снежными людьми и вернулся обратно.

Вернулся, стоит у двери, звонит. А Саша Мышьякова и спрашивает: «Кто?»

— Я, — отвечает Кир.

— Какой такой Я? Я здесь. А Ты кто?

— Ну, тогда я Ты.

— А кто Ты? — не унимается Саша.

— Я. А Я — Ты! — заключил Кир. — САША, Я АБРИКОСОВ ХОЧУ! — не в силах дальше терпеть эту пытку, завыл Экклезиастов на весь дом.

Тут только Саша поняла, что это её ненаглядный Кирюша вернулся, распахнула дверь, чуть не сорвав её с петель, и бросилась ему на шею, осыпая его несчастное лицо поцелуями. Оторвалась вся красная от переизбытка чувств, отдышалась. «Я тебя так ждала!» — прошептала, затащила его внутрь, захлопнула дверь и устроила ему дикую оргию, с непременным задействованием абрикосов и чая. Оргия продолжалась двое суток и, скажем по секрету, Кир не раз и не два попробовал с Сашей то, о чём так мечтал....

Много разных разностей случалось с Киром. Но мы-то здесь обо всём говорить не будем. Мы выбрали, что повеселей, да, что пооптимистичней. Но и хорошие и печальные события в его жизни заканчивались, в общем-то, неплохо. Ведь он и поселе жив, здоров и работоспособен. Но случались с ним и разные казусы.

Вот решил как-то Кир Экклезиастов поехать на Юг. Сел в машину, сверился с компасом, и поехал.... Да только не доехал. Стена дома помешала. Потом в больнице лежал. В травматологии.

Потом выписался, пошёл в Музей. — Смотрителем; посмотрел и вышел. — Не понравилось ему в Музее. Потом долго стоял и

* Кассис Корнута — крупный океанический моллюск, рода брюхоногих. Большие, напоминающие шлем рыцаря, раковины — очень популярный сувенир.

вспоминал, кто он и откуда происходит. Потом понял, что так дело не пойдёт; отправил sms скалолазу Мише. Скалолаз Миша в ответ прислал ему уже не sms, а mms с подробной схемой, как пройти к ближайшему ларьку. Воспользовавшись схемой, Кир Экклезиастов пришёл, наконец, к ларьку. Там его откачали, как могли и, вспомнив всё, он с миром пошёл к Саше Мышьяковой.

— Тебя где носило, бабник окаянный? — закричала не своим голосом Саша

— Я на Юг ездил. — отвечал ей Кир.

— Стало быть, на Юг? А меня, стало быть, необязательно брать? С кем ты там шлялся? А ну отвечай! А то сейчас рукоятки этой скалки заменят тебе уши!

— Я чё хотел сказать — говорит Кир. — Ты в Музей ходила?

— Не ходила я в твой музей! И на Юг не ездила! Всё тебя, олуха,

обхаживаю. Никакой личной жизни! Стоит бедный Кир, не знает о чём поговорить с ней.

А Саша Мышьякова видит — упал её Кирюха духом. Совершенно упал. Подошла и так ласково шепчет ему на ушко:

— Давай, я тебе скалку в попу засуну. Ласково засуну, не боись!

Ты любишь это, я знаю.

В общем, закончилось у них всё тихо и мирно!

А вот как-то пришёл к нему редактор передачи «Дефлорация, до шестнадцати и старше»

— Творческий кризис у нас! — говорит. — Дефлорацией уже никого не удивишь! Что ты посоветуешь, дружище?

— Поменяй название! Сделай например «Экстремальные методы мастурбации. Курсы для начинающих», или что-то вроде «Жестикуляция и артикуляция во время, до и после эякуляции». Сразу аудитории прибавится.

Однажды прислал ему sms Коля Герасимов: «Живу — говорит — в Москве, во времени будущем. Алиса закабалила; за понюшку пропалываю грядки в Космозоо. А чтоб поцеловала, приходится за козлом Наполеоном убирать. Очень скучаю по своей старой Москве! — По облупленным подворотням и кефиру в стекле. Уж ты бы меня, Кирюша, спас от этой эксплуататорши!»

Почитал Кир Экклезиастов, пустил слезу сострадания, а что делать не знает.

— Ну, из будущего я его, положим, достану. А что мне с ним дальше делать-то? Ведь его настоящее — для меня прошлое.... С персоналом Института Времени договариваться — так они не согласятся, чтоб всякие там лохи по разным временным точкам шарились.

Но Кир Экклезиастов парень горячий. Ежели он чего решил, то поганджубасит непременно. Так он и сделал. Затянулся он — пришло к нему видение Весельчака У, прыгнувшего из флипа и использующего в качестве парашюта Марту Эрастовну; второй раз затянулся — видит: горит Александрийская Библиотека, а рядом прыгает и смеётся Иван Сергеевич чумазый и потрясает коробком спичек «Гомельдрев». Решил он, что это знак — добрый и отправился к машине времени.

Вышел из подъезда и только там понял, что не знает, где такая машина находится. Постоял-подумал, зашёл в телефонную будку, позвонил в справочную, а его там назвали нехорошим словом.

Вышел он из будки, посмотрел в небо, а там тучи налетели — дождь собирается. Что делать? Вернулся домой.... Но сдаваться он не собирался. Не таков был человек — Кир Экклезиастов!

Перво-наперво надел сапоги-ботфорты. Хорошенько промазал их рыбьим жиром; одел плащ, — чёрный, кожаный, до колена длиной, — перчатки, тоже кожаные. Потом взял зонтик и снова вышел... вышел, а на встречу ему Саша Мышьякова — из Гастронома затаренная идёт.

— О! — изумлённо произнесла она и замолчала, остановившись с открытым ртом.

— Привет! — говорит ей Кир. — Как там, всё нормально?

— Где?

— Ну, ты где была? В Гастрономе? Стало быть, в Гастрономе.

— Что?

— Я говорю: «В Гастрономе всё нормально? Потный мужчина не буянит?»

А Саша Мышьякова смотрит на него и пытается сообразить, какую такую новую авантюру её Кирюша измыслил.

— А ты, — говорит, — куда собрался в таком виде?

— Иду Колю Герасимова спасать.

— Так его ж нет! Сгорел в бане.

— Это как так сгорел? А кто же мне sms прислал?

— А sms тебе верно скалолаз Миша прислал. Посмеяться хотел над тобой, а ты и повёлся.

— А Наполеон?

— А тот уж давно на Святой Елене коньки отбросил. Только и осталось, что имя — Наполеон.

— А Алиса?

— А Алисе чо? Живёт себе — не горюет. Чего с ней станется-то? А ты чего про Алису спрашиваешь, кобель-непоседа? Тебе меня мало?

— Тебя-то мне завсегда достаточно! А вот ты скажи-ка мне лучше, где тут машина времени располагается?

Тут Саша не выдержала и начала хохотать. Бросила сумку с покупками, упала и катается, сучит ножками и заливается диким смехом. Подошёл спортивного вида гражданин в свитере и в кепке из фетра — кепка из фетра, козырёк на меху, подошли два студента techинститута. И все стоят, смотрят то на корчащуюся в конвульсиях Сашу, то на невозмутимого Экклезиастова.

— Может, помощь нужна? — Бодрым голосом спросил спортивного вида гражданин.

— Да, похоже, ей нужно к ларьку! — Спокойно ответил Кир Экклезиастов.

В общем, взяли Сашу и понесли к ларьку. Впереди идёт спортивного вида гражданин в свитере и в кепке из фетра — кепка из фетра, козырёк на меху, — держит дёргающуюся Сашу у себя под мышкой, чуть сзади идут два студента пединститута и держат её за ноги, а замыкает процессию Кир Экклезиастов, с полной сумкой в одной руке и раскрытым зонтиком в другой. Ну, принесли её к ларьку — при этом один из студентов пединститута чуть не лишился своего мужеского достоинства, коему угрожала нарушением целостности, обутая в туфлю с каблуком Сашина нога, — привели в чувство и пошли дружно домой — чай пить.

Чая пили очень много и очень долго. — Пили до утра следующего вторника. Когда Кир наконец выполз — голый и в сапогахботфортах — на балкон, он упал там и лежал ничком, раскинув руки, и пытался сконцентрировать ускользающие мысли и вспомнить чтото очень важное. Он должен был сделать это вчера, или на прошлой неделе — он не помнил. И в этот момент пришло sms: «Кирюша, не волнуйся! У меня всё в ажуре. Алиса повысила меня в должности. Теперь я буду замещать её любимого крокодила — тот окочурился... — Климат ему наш не по нраву вышел. Буду подплывать к ней, а она будет читать мои мысли через миелофон! И два раза в неделю обещала выдавать кефир в стекле! — Полина, по специальному заказу, будет привозить. Если что, — сообщу. Пока!»

— Здорово! — Решил Экклезистов. — Хоть кому-то в этом мире хорошо! — Сказал и потерял сознание.

Потом очнулся, через полчаса и стал думать:

— Что же это мне Саша говорила, что Коля умер? То наверно был другой Коля? Ведь Коль, и правда, бывает очень много! Был ещё один Коля. У него была сестра Вика. Я знал её...

Поднялся он, зашёл, еле волоча ноги, в комнату, — там продолжалось чаепитие: кепка из фетра, та, у которой козырёк на меху, висела на люстре, а её хозяин — спортивного вида гражданин лежал под столом, в луже из непонятно чего, и объявлял оттуда, как заведенный: «Конечная остановка трамвая, конечная остановка трамвая! Всем пассажирам убедительно рекомендуется выйти!». Из-под опрокинутого кресла торчали ноги Саши

Мышьяковой... на одну ногу, через рукав, был натянут свитер спортивного вида гражданина. Посмотрел Кир на всё и плюнул в сердцах, — при этом угодил прямо в открытое очко одного из студентов пединститута — тот очень удачно висел, перевалившись через диванный подлокотник. Второй студент, совершенно банально сидевший за столом и поглощавший самый, что ни на есть, обычный чай с сухариками, кашлянул и очень вежливо заметил: «Совершенно некультурно это с вашей стороны — вот так вот, походя, плевать человек в душу!»

— Я и тебя туда запихну! И сухариками сверху затрамбую! — ответил, нетерпящий никогда и ни в чём критики, Кир Экклезиастов. — Культуры захотел? Где ты её здесь видишь? Под столом? Под креслом? Или, может, думаешь, тебе её сообщают натянутые на нос очки? В унитазе вся твоя культура!

Оставил Кир бедного, давящегося сухариком, студента и вышел из дома. Вышел, как был — в одних сапогах-ботфортах. Посмотрел вокруг: благодать — солнце светит, птицы поют, дети играют, машины ездят... коты орут, тщетно пытаясь подражать уникальному вокалу всем известного и уважаемого певца Витаса. Да что говорить? Почтальон вон, и тот почту носит.

— А я? — спросил сам у себя Кир Экклезиастов. — Почему Я делом не занят? Мне бы горы ворочать, а я... чай пью.

Пошёл, шатаясь, к песочнице, полной детишек, сел прямо в песок и такая тоска его взяла! Понимает он, что что-то в жизни не сделал, что-то идёт не так...

— Почему я здесь? — спрашивает он, глядя на белобрысого мальчугана.

— Потому сто, ты плисол сюда. — ответил тот ему.

— Ты прав! А ведь мог бы не прийти! Где-то она... ждёт меня. — Ждёт меня одного! А я здесь. Зачем?

— Стобы смесыть нас! — сказал белобрысый мальчуган.

— Да, ты опять прав! Задумчиво произнёс Кир. — Даже Сашу Мышьякову рассмешил. Да только мне не смешно! Устал я от этих чаепитий, от этой Саши... хочу в Лес! — сказал и осёкся. — Нне... нет, в Лес я не хочу. Хочу в горы! Да и в горах я был. Тьфу ты, чёрт! На Марс хочу! Во!

Но тут к нему подошла девочка с большими голубыми глазами и челочкой чистого золота и протянула ему цветочек — цветочек

не ахти какой — одуванчик, а всё ж...

— Это мне? — с замиранием сердца, спросил Экклезиастов.

— Тебе! — ответил девочка. — Не надо никуда уходить! Мы все тебя очень любим!

Растаявший Кир не нашёлся что ответить, просто схватил крошку и поцеловал.

— Приходи ко мне чай пить! — сказал он ей на прощанье, направляясь к дому.

Один раз пригласил его президент на совещание за закрытыми дверями.

— Пару-тройку новых законов надо обсудить, — говорит.

Кир Экклезиастов сначала отнекивался: «Не, — говорил, — не...», но потом его уломали. — Уломали Экклезиастова, посадили в чёрный «Вольво» и увезли.

Завели его к президенту и закрыли двери. Смотрит Кир: президент, стало быть, сидит и министры всякие под боком. Все очень важные, солидные... с серьёзным видом, степенно, толкуют о том, да о сём. Президент представил министрам Кира. Те, не меняя железобетонности своих лиц, заверили его, что дичайше рады познакомиться с такой неординарной личностью. Президент объяснил Киру, что от него потребуется высказать своё мнение по ряду вопросов, но лишь тогда, когда эти вопросы будут ему — Киру — заданы.

Кир, в свою очередь, ответил, что чрезвычайно рад будет дать им любые консультации, которые от него потребуются, при условии, если он — Кир — будет видеть в них таковую потребность.

Президент посмотрел на него со слегка приподнятой бровью, но смолчал. Потом обвёл всех инспектирующим взглядом, осведомился, все ли двери плотно закрыты, и объявил «совещание за закрытыми дверями» открытым.

— Рассусоливать не буду! — круто заявил президент. — Скажу прямо; пора наводить порядок в стране! Деморализация населения достигла уже такого уровня, что пора бы уже серной кислотой из брандспойта!..

У Кира аж челюсть отвисла. Короче, сказать он на это ничего не сумел, хоть в голове у него уже закрутил целый ураган мыслей.

— Господин Макротрусов, озвучьте нам ваш проект! — сказал президент, обращаясь к очень солидному господину с king-size комплекцией.

— Я, — начал господин Макротрусов, высоким певческим голосом, — предлагаю запретить подросткам, целоваться в подъездах! Это очень неприлично и служит основным путём переноса инфекции методом «рот в рот»

— Ахха, — вырвалось у Кира. Но, сдержав смех, он принял отчуждённый вид.

Президент хмуро посмотрел на Экклезиастова, потом с укоризной на господина Макротрусова

— Что же вы, разлюбезный мой Макротрусов, такой ляп допустили! Запретить им, целоваться в подъездах? А как насчёт чердаков, подвалов, туалетов, кустов, в конце концов? Или вы полагаете, что во всех прочих местах инфекция методом «рот в рот» не передаётся? Да и кто здесь об инфекции говорит? А начнут они чистить зубы перед каждым поцелуем, и кто тогда упрекнёт их в передаче инфекции?

Я говорю о ДЕМОРАЛИЗАЦИИ населения! Надеюсь, всем остальным ясна суть поставленной мной проблемы?

Все дружно закивали, и только пристыженный Макротрусов виновато опустил голову, да Экклезиастов улыбался во весь рот.

Вторым выступал некий господин Подлизовский — высокий и энергичный молодой человек, лет шестидесяти. Он очень энергично размахивал руками во время своей короткой речи и поправлял норовящие сползти с носа крупные очки в роговой оправе.

— Предлагаю ряд мер по снижению у подрастающего поколения интереса к сексу; Подростков до восемнадцати лет, уличённых в просмотре порнографии и эротики, посещении порно-сайтов и сайтов с эротическим уклоном в Интернете, отправлять в детские трудовые лагеря, а их родителей, включая бабушек и дедушек подвергать операции по смене пола, и вообще лишению детородных функций!

— Вот это уже трезвая мысль! — обрадовано воскликнул президент. — Нужно ликвидировать разврат на корню!

Третьим был сам министр культуры, господин Иерофан Колбасавстиле. — Плотный мужчина, в хорошем костюме, очках, и с серёжкой в левой ноздре.

— Вы говорите; «ликвидировать на корню», господин

Президент? Вы абсолютно правы! Давайте смотреть в корень....

Господин Колбасавстиле обратил на цветуще-улыбающееся, усато-бородатое лицо Кира полный неприязни взгляд;

— Вот, куда должны быть направлены наши усилия! Вот такие вот, с позволения сказать, работники культуры и приводят нашу, с позволения сказать, молодёжь в ту жуткую степень развращённости, в которой мы с вами можем её — молодёжь — наблюдать.

Господин Колбасавстиле, по всей видимости, намеревался сказать ещё что-то нелестное в адрес Кира и его коллег,

но президент его остановил и обратился к Киру;

— Что вы можете на это возразить, господин Экклезиастов?

Кир Экклезиастов уже не улыбался. Он смотрел на министров и на президента попеременно, с печатью озабоченности и тревоги на лице.

— Что-то вы, ребята, далеко зашли! Уж не веселят меня ваши диковинные речи. Ведь любое озорство хорошо, когда в нём мера соблюдается! Вот вы тут петушились, а не подумали, что себя самих — свою природу ругаете! Может, вам жёны не дают? Или вы так заработались, что и забыли, для чего жёны нужны? Я предвидел подобные трудности, — а то, иначе, с чего бы вам меня приглашать? — и прихватил кое-что с собой... — Экклезиастов открыл портфель и вытащил оттуда дюжины две забойных порно-журналов.

Все прямо ахнули. Ахнули и онемели. Тут было всё, что может вернуть на землю самого сухого аскета. — Самые откровенные, грязные темы, в самом чудесном качестве исполнения. И на обложке каждого журнала броскими красными буквами было написано: «Все модели младше восемнадцати лет»

— Вот, ребята! Полагаю, это вам поможет. А мне пора идти. Там моя Саша скучает без меня, — сказал Кир. Встал, закрыл портфель и направился к выходу. У двери повернулся, посмотрел, как государственные мужи, спустив брюки и забыв обо всём, тешат свою плоть, и подумал себе; «Вот и хорошо! Если у власти ещё живы нормальные, здоровые рефлексы, то народ может быть спокоен. — До следующих выборов, во всяком случае».

А однажды одно крупное западное издательство подписало с ним очень выгодный контракт на публикацию продолжения его бестселлера «Три буквы на заборе». Но Кир Экклезиастов порвал контракт.

— Я вам и так эти три буквы скажу! Безо всякого контракта. А искусство, ежели оно имеет истоком наши отечественные реалии, должно у нас и оставаться!

Вот такой он был независимый свободолюбивый поэт. Однажды заработал кучу денег, облил её керосином и подпалил. Ни от чего не хотел быть зависимым.

А то прислал ему как-то скалолаз Миша травки. Покурил её Кир и на Луну попал. Потом книгу написал: «Искривление пространствавремени как основной принцип путешествия на Луну»

А ещё, как-то раз, взял Кир карандаши, краски с кистями — решил батальное полотно состряпать. Сел и принялся рисовать. Нарисовал квадрат, в нём круг, а в круге нарисовал свастику.

Смотрит он на своё детище и думает:

— Где-то я это уже видел. Помнится, тот парень плохо кончил. Ну его! Кесарю кесарево.... Мы будем кончать умеючи — с удовольствием.

Взял и порвал картину. На том и закончились его поползновения на изобразительное искусство. Правда, на стенах мужских туалетов он иногда изображал голых женщин, а на стенах женских — голых мужчин. Но это было так... — баловство.

Однажды утром вышел Кир Экклезиастов на улицу, а там демонстрация тунеядцев и бастующих. Все несут плакаты. И все плакаты — один краше другого. «Некрофилии, наркомании и проституции бой!», «Садизму, аскетизму, сатанизму, марксизмуленинизму бой!», «Полтергейстам, экстрасенсам, лицеистам, пианистам бой!». И немного другого толка: «Даёшь восьмичасовой рабочий день малолетним проституткам!», «Даёшь водку за два рубля!», «Даёшь генеральную уборку общественных сортиров каждые полчаса!». Повтыкал Кир на всё это и пошёл, задумавшись в парк. Сел на лавочку и стал рассуждать:

— Придумали! Тоже мне.... Ну там некрофилии, садизму, ещё можно бой сообразить. А водку за два рубля? Какие тогда у меня будут гонорары? А восьмичасовой рабочий день малолетним проституткам? А когда ж им уроками заниматься? — Ходить на дискотеку, трахаться в подворотне, делать миньеты в подъезде, спать с разными ребятами и девушками, целоваться под луной, записки любовные писать и весь остальной моцион совершать? Нет. Это вы, товарищи тунеядцы и бастующие перегнули палку! А если в туалетах, общественных-то будут убирать каждые полчаса, это когда же там возможно будет справить нужду, большую и малую?

Сидит он так, прокручивает мысли в подобном жанре, а тут бац, откуда ни возьмись, Иван и Данило из кустов вылезают.

— Ого! — говорит, в сердцах Кир Экклезиастов. — А вы чего здесь? Вы ж, из совсем другой истории!

— А мы потому здесь, брат, что соратники тебе! Пришли поприветствовать тебя и пожелать удачи на твоём пути! Ведь, рано или поздно, мы все будем вместе, и тогда неважно будет, кто из какой истории. Мы не в обиде на тебя, что не ходил к нам в Лес. Видать, не время тебе было. Сильно испугался ты тогда, маленький! То хозяин в Лесу шутил. Любит он людей в дебри заводить. Ну, так на то его хозяйская воля! Мы ему тут не указ. А всё ж жалко, что ты так и не понял нашей лесной красоты! Потерял ты много, Кирюша! Но ничего. Придёт время, всё получишь сполна. Попрощались они с Киром, повернулись и опять в кусты ушли.

ШЕСТЬ ПАССАЖИРОВ
(2018 год)

В супрематической палате №6 их было шесть. Шесть пассажиров. Шесть пациентов, шесть перципиентов, шесть пацанов: Скотоложец Паулюс, Артистичный пахарь, Меровинг Проклеенный, Трубадур Струве с оркестром, Конь и Бабочка.

Забегая вперёд, не спеши оголять зад! Запечатанным днём мы постигали тихий вечер.

Когда в палату вошли глашатаи и принялись провозглашать запредельные статусы, шесть из шести вышли в прохладное и пропели хорал.

— Пускай, в палату доставят шесть клавесинов! — возопил Меровинг Проклеенный. — В пределах заданных координат намечается нехилое пати!

— Задвинь коньки в поперечный угол, — посоветовал ему Скотоложец Паулюс.

Глашатаи стали оглашать палату несуразными нетривиальностями, запахивать халаты наголо, переводить с коптского на арамейский и заключать пари на брудершафт.

— Мы, все здесь собравшиеся, нехило откисаем последние пять промежутков времени, — начал Скотоложец Паулюс. — И было бы совсем не кисло откисать и дальше в рамках столь же благостных умонастроений. А посему я настоятельно рекомендую всем и каждому проголосовать за мою кандидатуру в качестве своего персонального поводыря! В этом мире вселенских ясностей только мёртвый не видит свет в конце туннеля. В общем надо нам, братцы, дружно всем взяться!..

— Ты вещаешь нехилые коэны! — отвечал на это Трубадур Струве с оркестром. — Но в твоих умозаключениях имеется нефиговая брешь!

Трубадур оглядел всех драматическим взглядом.

— В кои-то веки мы — некислые пацаны — участвовали в каких бы то ни было выборах?

— Не было такого! — воскликнул Артистичный Пахарь.

— Никак нет! — отозвалась Бабочка.

— Вот и я про то! — заключил Трубадур Струве с оркестром. — На том стояла и стоять будет палата супрематическая!

Глашатаи на это зарукоплескали, запрыгали, завертелись волчком... потом повыхватывали из относительных глубин бубны и стали проводить сеанс трансмутационной психокопуляции.

Заведующим в тех постмодернистских далях был Прометей Борщагов. Без труда доставал трупы из пруда, издавал манифесты и прокламации, лепил скальпели из пластилина, и вообще был в не туда на все сто!

И вот однажды, проходя мимо подведомственной ему супрематической палаты № 6, он услышал неуставные звуки, доносящиеся из недр сей сингулярной палаты.

— А вот, кто идёт, что зачем! — страшным голосом прокричал заведующий, распахнув дверь палаты.

Все, находящиеся внутри, сразу притихли, уподобившись всем, находящимся снаружи.

— Я вас по-хорошему спрашиваю, ну да! — снова прорычал Прометей Борщагов.

А надобно вам заметить, Борщагов был безответно влюблён. Влюблён по всем канонам. Влюблён с большим уроном.

Заручившись дроном, Прометей Борщагов выслеживал и вынюхивал, вылизывал и высасывал. Вонзаясь глубоко, вонзаясь во всю глубь и ширь, он не находил ответа, он не примечал привета. Загвоздившись на стропилах, Борщагов делал инъекции пролетающим дням. Просовывал обе руки в промежутки совести и пел о своей печали на перекрёстках Мироздания.

В общем загонялся Борщагов как мог, но ничего не помогало. Ничего не спасало от протуберанцев нравственности. Высверлил тогда он в своей макушке вентиляционное отверстие и стал проветривать, просеивать и продувать... Взбивать стал в блендере и запекать в микроволновке... Но и эти меры были тщетны. Любовь не отпускала.

— А ты бы, Прометей ты наш Борщагов, перестал бы выспрашивать, а к нам бы присоединился! Глядишь, и полегчало бы!.. — предложил Скотоложец Паулюс.

— А это не тебе после меня, к чему! — рявкнул Прометей. Потом, узрев в общем бедламе Бабочку, зарделся, как утреннее солнышко. — Выши, выс... Вык! Порлу... ммо... йййя сказал! — Наконец родил Прометей.

Глашатаи при этом считали за должное соглашаться с каждым словом заведующего. Подтанцовывая и подвывая во след издаваемым Прометеем звукам.

Заведующий же, видимо, не так всё понял, или всё так не понял. Он взял глашатаев и оглушил их мощно, — вырубил им звук. Бедолаги рты открывают, чего-то там пыжатся, а всё втуне.

Заведующий, по совершении сего, произвёл процесс очистки сознания, путём соскабливания старых пятен перочинным ножиком. Выглянул в два, задвинулся в оба. Скотоложец Паулюс переводил стрелки и вбивал костыли, приглашал заведующего в непростые хоромы. А Меровинг Проклеенный при этом воплощался в теле правды и сгущал себя до состояния адвайты. Конь и Бабочка же наперебой стригли пространство, постанывая в такт корпускулярным токам. Ну, а Трубадур с оркестром играл на трёх дудуках и органе «В вишнёвом саду такие дела». Один Артистичный Пахарь сидел в выцветшем кресле и распространял слухи, касаемые до слухового аппарата. Весьма и очень заинтриговавшись вышеозначенными слухами, глашатаи обступили Пахаря плотным кольцом и проецировали на него остатки здравого смысла.

Себя не помня, Прометей Борщагов задавал шестерым пассажирам вопросы про промискуитет. Купал своё сознание в ручьях отмеренных благостей. В умах шестерых правдоискателей, тем временем, наблюдалось брожение. Зарождением свежих и новых хвастали они в своей среде. Воспитанием славных и сильных похвалялись всем и каждому. Но не всяк был при делах, и не каждый был уделан. Запросто выпростав свои позументы, Конь, намеченными маршрутами, продвигался к центру всех историй. Омолодившись на все три, он заключал себя в тень Безначалья.

— Кто здесь есть? — вскричал, бешено артикулируя, Прометей Борщагов.

— Ставки сделаны, господа! — прозвучало откуда-то сверху.

Мы не из пёсьей породы!

Мы из простёртой травы!

— Господа, ну я же говорил, — заканючил Скотоложец Паулюс. — Как мы теперь решим сложившуюся проблему, не имея поводыря?

— Мы задвинем в тебя свои оконечности, и ты станешь как бы не два! — отвечал Артистичный Пахарь.

Трубадур Струве с оркестром начал играть «Мы в Марокко погуляли» на фортепьяно и джембе с варганом.

— Если я сейчас не выпью, то я непременно напьюсь! — вскричал Меровинг Проклеенный.

— А что, во Франции, говорят, шампунь бадьями лакают? — спросил Артистичный Пахарь, высвобождаясь из тесных объятий глашатаев.

— Во Франции и не такое говорят! — отрезал Меровинг Проклеенный, по уши залезая в стакан.

— Я вот что думаю, господа! — подал голос Скотоложец Паулюс. — Нам бы заведующего поменять!

— Я тебе поменяю мыслеформы оперативным вмешательством! — заорал благим матом Прометей Борщагов.

— Лично меня и данный конкретный заведующий вполне устраивает, — заявил Трубадур Струве с оркестром.

— Я тоже за!.. — тихо сказала Бабочка, с улыбкой глядя на Борщагова, чем вызвала немой восторг заведующего и глухое бешенство Коня.

Конь-огонь стал рвать поводья, лягаться, брыкаться и брызгать слюной. Заприметив неприметное, он опрометью мчался в метре от себя. Вращая зрачками, Конь выводил стройные спиральные орнаменты. Менторским тоном ржал над ментовской братией. Брал штурмом крепости и рыл подземные ходы.

— Воды! — вскричал не своим голосом Конь. — Мне срочно надобно утопиться!

Принеся ушата воды, Коня ушатали, стреножили и определили в стойло. Однако стойло было морально не устойчиво, и Конь сделал ход b1-c3. Заржав, как на концерте Жванецкого, Конь набросился на заведующего, сбил его с ног и отбил от рук. Заведующий, заведомо заведённый, завидя Коня, задвинул меры предосторожности в дальний карман, и произвёл непредвзятые пассы руками.

Сделав Коня хромым на пятую ногу, Прометей Борщагов придвинулся вплотную к переобутым праведникам и перепрограммировал перманентную пектораль. Бабочка, высветлив свои крылья, прильнула к заведующему и провела рукой по его ипостаси.

Шесть пассажиров праздновали удачное завершение передряги. Передёргивали друг-другу и подрыгивали ногами.

Глашатаи вышли из radio silence и оглашали окрестности перекрестными соглашениями.

Трубадур Струве с оркестром играл на ложках и волынках «The times they are a-changing».

И лишь Скотоложец Паулюс и Конь лечили свои израненные амбиции предаваясь поперечному скрещиванию.

ИГИРМИ БИР

(2018 год)

Сам себе свой поводырь, растекаясь тонкой ртутью, возносил себе мольбы.

Вышвартовавшись из исподнего, человеко-мальчик производил цитро-карминовую поступь перекрёстного. Он забрасывал удочку в мякоть подсознания, выуживал оттуда три лепестка и возвращался в исходное положение лёжа. Брал от себя большее, мешал с меньшим...

Но однажды в перекрытые дважды вошла Игирми Бир. Трижды произнесла: «Ом Сай Рам» и принялась утюжить отмеренное.

Человеко-мальчик принял мнимое за реальное и выпустил стрелу всепрозрения. Угостившись, пригвоздившись к своему я, Игирми Бир санкционировала беспечный отдых: отверзла нездешние дали и вывела наружу солнечных зверей Небытия.

Человеко-мальчик, почувствовав близость концентрата, наклонил козырёк знаемого и отправился в турне. Солнечные звери Небытия, потеряв след, отфильтровались в зону сумерек. С потолка свисала Игирми Бир. Яблочный сок струился по её бёдрам.

Вернувшись из турне человеко-мальчик собрал сок и сделал яблочный джем. Отцепив Игирми Бир, он заключил с ней пакт о ненападении.

ВЕСЬМА ПОУЧИТЕЛЬНАЯ ИСТОРИЯ ЩУКА И ХЕКА
(2007 год)

Встретились как-то речной Щук и морской Хек. Ну, Щук и говорит:

— Я, — говорит, — самый большой и самый сильный вообще. — Смотри, — говорит, — как я умею.

И Щук начал нарезать круги вокруг Хека и быстро-быстро хлопать плавниками.

— Даа, — протянул Хек. — Ты сильный. Но я знаю кое-кого, кто ещё сильнее.

— Это кто же? — возмущённо воскликнул Щук.

— Акул. Он у нас самый сильный и самый, что ни на есть, большой.

— Акул говоришь? Ну, пошли, посмотрим, какой он большой.

И наши друзья отправились в море к Акулу. Приплыли, и Щук сразу нагло так:

— Это ты здесь самый большой что ли?

А Акул молча улыбается, типа: «Ну, я».

— А вот смотри!.. — кричит Щук с задором, и тут же начинает бешено крутиться, как будто он и не Щук вовсе, а какой волчок ей богу.

Ну, Акул посмотрел, подплыл ближе и съел Щука.

— Вот, что происходит с теми, кто задаётся, хвалится, пыжится, кичится, кого распирает от гордости, кто высоко себя несет, задирает нос, пижонит, и просто понты колотит. — тяжело вздохнув, нравоучительным тоном промолвил Хек.

А Акул послушал, пустил отрыжку, подумал немного, а потом подплыл и съел заодно и Хека...

После этого Акул дважды выпустил газы — через рот и через анал, и поплыл себе дальше

А рыба Прилипал, который всё это время сидел у Акула на боку, наблюдал за происходящим и делал свои умозаключения.

О ЗНАКОМСТВАХ ОДНОГОРБОГО ПОВАРА СРЕДИЗЕМЬЯ СРАЗУ ЧТО МАЯКОВСКОГО

(Из находящегося в стадии написания романа

«Где-то между этим и тем Сеня и Веня искали себя»)

(2018 год)

Парни, вновь первозданно-голые, спали и загорали в слабых лучах, заходящего солнца, а повар выполнял свои прямые обязанности — готовил ужин. Намаялся он с пацанами, но и был благодарен судьбе за них. Таких ярких переживаний, как в их компании, он давно не испытывал. А прожил он уже весьма немало, и испытал на своём веку многое. Однажды его кузен Брандахмырь затеял нескучные вопросы. Потом пошёл стрелять папиросы. Чтоб уберечь знатного кузена от дальнейшего скатывания вниз, Сразу-Что Маяковский купил себе арбалет из двух бюстгальтеров и запустил стрелу в питательные воды. Зашёлся смехом, прошёлся мехом. Вызеленил два с лишним пульверизатора, и сотворил себе краум. Краум-варт. Просверлил в краум-варте два отверстия и стал продувать зелёное, свежее. И лишь, когда на землю упали два синицеголовых и сплюснули себя до состояния 2д, кузен Брандахмырь взялся за голову... и вытащил себя из болота. Эта история имела широкий резонанс и дошла до Внешнего мира. Некто Карл Фридрих Иероним приписал себе вышеозначенный подвиг, приукрасив, сгустив краски... он, дескать, за косичку парика себя тянул! Да ещё и коня вместе с собой вытащил... Но, будем откровенны, сам Маяковский юному непоседе Мюнхгаузену и рассказал об этом событии, как и о многих других. И был весьма не в обиде, что тот на старости лет, маясь бездельем, стал писать о «своих» приключениях, приукрасив и перенеся их в реалии своего мира.

Везло нашему повару на знакомства с разными... нестандартными представителями Внешнего мира. И эти знакомства выливались позже в интересные творения. Вот Говарду Лавкрафту он однажды показал Праокеан и отформатированного осьминога. Так Внешнему миру был явлен Ктулху. Льюис Кэрролл, после лодочной прогулки с сестричками Лидделл, во время которой он развлекал девочек зачатками будущей истории, весь во власти романтических впечатлений, тщился воплотить свои чувства в нечто прекрасное, но, в силу понятных причин, не прямолинейное. Как только, так сразу, Сразу-Что, понимая, что такому мгновению нельзя пропадать впустую, вошёл в ментальный контакт с великим математиком и писателем, и сообщил ему образы — намётки, идеи образов — Страны Чудес. И сказка полилась. За ночь Чарльз Лютвидж написал основной массив произведения, посвящённого своей обожаемой Алисе. Дальнейшее уже пошло своим чередом.

Повар нежно улыбнулся, вспомнив эту сказку и неисправимого романтика-гения, состарившегося и умершего в одиночестве... с мыслями о ней...

— Эх! — Вздохнул он. — Красота всегда рождается в муках!

— Это почему?.. — Спросил проснувшийся Веня.

— Это потому!.. — Подняв указательный палец, ответил повар. — Вставайте! Ужин готов!

А Manxome Чижик-Пыжик пришёл. А Manxome Чижик-Пыжик пришёл во внеусловность непосредственного контакта. Разносторонние аспекты Чижика Пыжика начали мутнеть и пыжиться. Чижиться. Ижица.

Somebody's fucking through the keyhole, Somebody's looking for your door.

А Manxome Чижик-Пыжик развернул артиллерию и пошёл в контратаку. Контр-адмирал Базилевс Правильный не справился с контраргументами и выделил из себя порцию ненадобностей. А Manxome Чижик-Пыжик произвёл себя в Контр-генералиссимусы и принялся платить сам себе контрибуцию. Не веря в контрацепцию, A Manxome Чижик-Пыжик настрогал карандашей-спиногрызов и был изгрызен ими в ноль.

— Так закончилась славная кампания бесславных... Чижика Пыжика и Базилевса Правильного! — Провозгласил повар. — И да будет сие уроком для всяких... скорых на подъём!

Они отдыхали после сытного ужина, состоявшего из переосмысленных бабочек и стосильного падуба с подливой из слёз девственницы.

— А почему?.. — Начал Веня, но был перебит Сеней.

— Я думаю, всё дело в непростых орбиталях! Если бы этот ЧижикПыжик искоренил в себе падучую об женский пол, он бы устоял, и устоями славными компенсировал бы свою бесславную суть!

— А ты меньше думай! — Грубо ответил ему Веня. — Если б в непростых орбиталях пошли какие-то изменения, ЧижикПыжик бы просто самоискоренился!

— Почему это? — Хмуро спросил Сеня.

— Потому!.. Не может одно начало существовать без другого! Без жажды единения со своей противоположностью, пусть эта противоположность порой имеет тот же пол!

Сеня уставился на друга с открытым ртом.

— Поражаешь ты порой!.. — Наконец выдавил он.

— Вы оба правы лишь отчасти! — Заявил Маяковский.

Сеня с Веней удивлённо воззрились на повара.

— Мера просто нужна во всём!

Contents

Printed by Libri Plureos GmbH in Hamburg,
Germany